句集

海の音

稲垣麦男

文學の森

句集　海の音／目次

装丁　井筒事務所

句集　海の音

一九八二年〜一九九一年

枯れ果てて光の飛矢が目を射抜く

みぞれる夜を北へ翔《かけ》ゆく雲一団

風凪いで海鳴りの遠くかそけく

冬薔薇《そうび》ひらくや黝《くろ》い瞳して
大寒の樹幹の芯《しん》に犇《ひし》めくは
裸木の影ばかり一筋の道

乳房日に日にふくらむ寒椿

艶治《えんや》として陽は海原に帯を解く

木蓮の芽が星をつかもうと伸びる

たよりなげな蝶が花をさがしに来た

蟻地獄の蟻這《は》いあがってこられるか

呼びさわぐもの南へ翔《かけ》る雲の騎馬《むれ》

欲望という車に乗っている蟷螂《かまきり》

銀杏敷きつめて御仏か座る

門口に秋風の僧となえるは

晩秋の屋台アランを語る男

万葉とボードレールで冷酒が二杯

肩寄せ合うふたりなぎさは秋風

薔薇一輪切りました寂しい女《ひと》に
スダジイの林過ぎれば寄せる波
秋の波消すな老夫婦《ふたり》の足跡を

首もたげのたうつ蚕糸が出ない

魚鱗が光る暗緑を泳ぐ深海魚

陽の沈む速さ脈のきざむ速さも

ふしだらな一日のこんなよい月が出る

暮れっきるまで鳴き騒ぐ寺の鵙

花散る禅堂、影は女人《にょにん》か

青い海の精が吹きぬけていく葱《ねぎ》畑

人の訪《と》いよる足音がいつか消えてる

白馬天翔《あまかけ》る白昼降りやまぬ雨

ひざに来る肩にくる蜻蛉《とんぼ》活火山

飛び込んできたバッタ片脚がない

ゆれてゆれて嵐を呼ぼう露草の花

友帰る夾竹桃に風がでて

煩悩とぐろまく夏草のくぼみ

炎暑地獄歩くしかない蟻となり

十年西日にただれた部屋に棲《す》む

月に村雨蝸牛石垣のぼる

朽ち果てて人住んでいる薄かな

陽は落ちて影はおぼろの東山
夕焼けて雑木紅葉のただなかに
陽だまりにぶらり哀しい柿の貌《かお》

鳥一羽また一羽去《い》って山は暮れ

山あいに人棲《す》むらしく薄明かり

下町有情（一）　十一句

生まれは下町昼うす暗い四畳半

寺の井に猫投げ入れたやつどこの空

蟬とりの樹の背高くてとどかない

長い白堊の樹木の陰のピアノの音《ね》

春ひさぐ夜の白い手がそここに
ネオンの下の淫《みだ》らな哄笑子が見てる
顔優し姉のような娼婦《ひと》が飴《あめ》をくれ

二階から児が落ち父《おや》のあほう面《づら》

啞《おし》かばって罪きせられその親にぶたれ

煙草屋の娘きれいで若者がちらり

石段百余みこしが降りて海に入る

凍つ星の落ちよこの胸の虚空《うつろ》に

沈むほど悶えるほどでかくなる陽だ

限りなく顔近づけて見る雪割草

叔母は十六母は出かけて父がいて

下町有情（二）　十五句

叔母可憐母のるすの日の出来ごと

六歳頃の私は叔母を姉だと思っていた

荷馬いつも心得て止まる女将《おかみ》の人参

目のきつい物乞う男に味噌むすび

春を売るしらけた昼の雌猫の目

街道は宿場女郎の昼のほつれ毛

寺の子は遊びもならず読経の修行

あどけない娘《こ》はいつからか三味のおけいこ

いとしい娘《こ》の襟足白くなる

理知優れしが業を宿した娘の瞳《め》

情婦《いろ》をつくった置屋の亭主家を出され

和尚は死刑立会人玉つきに凝り

花街の銭湯《ゆ》は全身タトゥーの男ばかり

郭《くるわ》の一角なんと寺の地所

行く春や海に身投げた置屋の亭主

濡れそぼつ薔薇の薄紅《あか》さがやるせない

蜘蛛は糸張る身の重さ持てあましつ

ひょいとよけて石畳のたんぽぽ一つ

燃える椿のすき間から凪の海

第二のふるさと　十三句

やせこけて鶏《とり》の血飲んでその首が出汁《だし》

麦踏めば空の蒼《あお》さが果てしない

やせ畑を耕《ほ》ればば鴉がきてうたう

耕せば風は峰より若葉を縫って

田植して雑草取って稲刈って
葉先が頬刺す四つん這いで草とれば
桑掘れば汗は滝となり地に吸われ

子牛曳《ひ》き言づてに来た山の乙女《こ》よ

風は藤色さすらう雲に麦踏めば

藁《わら》の間に鶏《けい》兎《と》糞明年《あす》の肥をつくる

あでやかな毒茸採って笑われて
髭男傷負った鳥を焼いて食べ
血が騒ぐ相撲を取ろうよ雪の上

おさえても耐えても噴きあがる黒い血だ

秋の陽に蜂が尿する石の上

夕雨にうらなりのトマト赤くなれない

子蜘蛛無数旅に立たせよ風吹けよ
お地蔵は何思う眼を開けず
陽は斜め墓に出合って百舌鳴いて

冬碧空《ぞら》へ振り向きもならず飲まれていく

臨済禅寺朝霧の賦　十三句

石仏が足もとに同胞《はらから》のような

堂よりは心なごむや野の仏

詩人は飲みに飲む鬱々と朗々と
竹馬の友のよう初めてのお方は
寝静まる中の二人の話がつきない

突然に目覚めればすでに泥海

心うつつになく夢になく一切無

莫妄想《まくもうぞう》ぐらぐらの二日酔

放下著《ほうげじゃく》冷たい霧に足をとられ

本来無一物こみあげる吐気

ぼくの禅は足を組まずに目玉を組む

禅堂を盗み見、山道をよろけつ走る

五体朝霧のごとし山門を出る

海を見に来ました冬山こえて

逆立てば怒濤の真下青天井

深海の緑まばゆい魚になろう

冬空を掃きなぐる寺の大銀杏

春の夜を軍鼓のように海が鳴る

鉢植の花が泣きます海の鳴る日は

はだか女がかけていく　四句

ギラリ雲水着《はだか》女がかけていく

白波けって裸男が追いかける

二人は藻の中飛び魚とびつく夏の雲

さかなになった二人が夢見る椰子の島

風にさからい太陽《ひ》にいどむサーフィン一つ

鷗の花吹雪かきわけるウインドサーフィン

赤銅の胸が風を飲み光を吸う

風紋の呪《じゅ》、黒い風が出てきた

子は砂山を父は書を読む浜の秋

パラソルの無為が楽しい家族連れ

海をとられた鷗が憩う街路灯

しびれをきらせ鷗が一羽海を刺し

老夫婦《ふたり》には潮風《かぜ》もやさしく陽もなごめ

未知の時間の白い街がどんどん過ぎる

托鉢《たくはつ》の僧も被るよ桃の花

春の雲へよじ登ってく男が独り

あの娘《こ》はもう待てないという夏の海
君の瞳《め》は夏と光と海のもの
パラソルの中で遊んでいった蝶一つ

バス停の寂しい貌《かお》を燕に切られ
登り来るバスがまぶしい朝の秋
人はみな灰色の街へと急ぐ

太鼓打つ老女《おんな》が独り秋を行く

花園町次は地獄谷一丁目

渚《なぎさ》きらり星落ち夏終わる

朝顔もカボチャの花も秋の風

冬河を必死に渡るけもの一匹

しののめをたくましい太陽《わかもの》が昇っていく

燃え狂う蛇《じゃ》のあと残し陽が沈む

霞晴ればなにか虚しい空の碧さよ

一番あとからきて憩う鳥もいる月桂樹

ふるさとは潮騒の丘を渡る風

春の陽さんさんと虚しさこみあげてくる

太陽《ひ》の園で裸族になった夢を見て

故里の蓮沼枯れて祖母の顔

農夫の下手な自画像をじっと見てる

寺の坂まがれば怒濤の海が見え

虹へ、錯綜《さくそう》とした空間をのぼってく
夢のかけらが散っている石畳
けもの道いつか消えていて茨の実

山茶花は踏みしだかれて修行僧

ぎらぎらとまなこの黝《くろ》い深海魚

大草原夢は黄金の狐追う

碧いグラスで一気にあおる薔薇未来

一輪挿しの薔薇に滲んでいる夕陽

太陽《ひ》の国へ碧い矢鏃《やじり》がぼくを呼ぶ

振り向けば枯野をくねる白い道

秋天の真下瓦を葺《ふ》いている

愚直な風に鼻がしらが赤くなる

風が打つ旗のようにときめく時も
弧を描くいつも一羽で舞うトンビ
この首から天地創造の濁り酒

乱雑に投げ出して寝ている
彫像のいびつに向かい問うている
曲がりくねるこの道　海へ出そうな

つむじ風に絡まれつ立ちのぼる光芒

死と生の永久《とわ》の連鎖や大海溝

センチメンタルな海の男の皺《しわ》の数

自画像の挫折見ている僕はだれ

傷口にしみる夕陽と流れ木と

冬の渚《なぎさ》が好きで寺のけもの道

出船入船港に今日も陽が沈む

星雲の生まれる雄叫び北の闇

両手広げて峠の松の大往生

一筋は見果てぬ夢の落葉焚き

ひまわりは汗かきどおし雲よ飛べ

果てしない飛翔《ひしょう》夢見て鷹巣立つ

蝶はどこで浮気か山梔子《くちなし》の花

追憶という壁の絵が少しずれてる

土鳩の求愛に我が恋の及ばざる

最後の熟柿が落ちて空が真っ青

銀杏の実が落ちて寺鳩がさわぐ

赤いマフラーが晩秋の姿見の肩

一九九二年〜二〇〇一年

背伸びしてふんばって崖《がけ》っぷちの夕陽

枯葉みな勇み南へ焦がれ飛ぶ

冬山へ入る列車に手を振ってみたり

すり減ったスリッパはき好《よ》く街へ出る

黴《かび》臭い土蔵の奥のむしろ旗

母方の祖父は鋤鍬《すきくわ》持たぬ一茶並

海鳴りは原始のドラム　バーボンを飲もう
「唯我独尊」の扁額の墨が濃すぎる
野望という像は彫るほどにいびつになる

ちぐはぐな航跡も残る春の海

老若みな海を見ている夕焼けて

ふと思い出して枇杷の葉が落ちる

園圃《えんゆう》に雪降り積もり麒麟は眠る

行く先を知らず蒼穹《そうきゆう》仰げども

渚《なぎさ》にて残照浴びる君等の明日《あした》

かまきりよその鎌あげて太陽《ひ》を狙え

祭太鼓がぼくを呼ぶあの下町へ

血脈に狂死者多く鵙高音

砂の上に大の字書けば沖の白波

悔いなしやとさえずる小鳥枝をたつ

言の葉焚けば煙は薄し冬の空

雪に酌む越し方罪の数の杯

乾坤《けんこん》も六欲《りくよく》もたわいなし雪しきり

蛇《じゃ》の舌に絡まれている翌檜《あすなろう》

草いきれ骸《むくろ》となるも面白し

駆けては転《まろ》びまた駆ける渚《なぎさ》の子

背の薔薇を見せてしまおかあの雲に

野菊手折ればわが胸《むな》そこに風騒ぐ

夢覚めればぽっかり白雲浮いている

扉《と》を破り黒豹駆け込む花園へ

悔いありやなしや野焼の夜の火色

天の川酒くさい唇だ

蝶にも貝にもなりたい欲ばりだから

宝の小箱みな無くし嫁いでいった

万象を肯《がえ》んじ麦飯がつがつと食う

生き様《ざま》に悔いなく生鰹に一合の酒

山の神のくれた木通《あけび》で癒してる

鳩時計の真夜三時妖精らが眠りにつく

コスモス細し蜂の重みに堪えるかな

気息よし骨の髄まで秋の風

狂乱怒濤恋しく龍は雲に乗る

行く春や啄《ついば》みにでる雉親子

風なごみ静かにそよぐ吾亦紅

春雨の葬儀　だれも泣かない

さまよえる小豚可愛や春の雨

ご先祖は海賊という伯父の鼻

通夜の宴我等一族海の裔《すえ》

花から花へ命をつなぐ秋の蝶

五巌荘のあるじは昼から赤く釣キチで

恋ごころあらわに燃やす百日草

獅子になれよと鞭打たれ苦笑い

神よ許したまえ野菊を手折る

せせらぎに紅葉を競う落葉かな

道しるべ右は故郷湖《うみ》の底

蔦《つた》紅葉歩けど行けど人に逢わず

茱萸《ぐみ》一つ含みつ鳥の鳴く方へ

桃源へ手招くは誰霧深く

蛇《じゃ》はおのが同胞《はらから》を飲み龍と化す

詩人と愚か者は己が恥部を売り歩く

青春の像彫りかけて幾星霜

友のない子は賽《さい》の河原で戯れる

沈丁花口数なくも誇りあり

歓声あげて緑道の二年生

茫洋とグラスの中の碧い海
やせ犬の私に似るよ春の雪
夜の少女は薔薇に優しく口づける

コスモスはたそがれの花乙女花
コスモスの海原乱れ君は去り
渇いても涸《か》れ井戸のぞくな若者よ

吾亦紅はあなたが頼り浅間山

一本杉越えて鷹になりたかった蝶

コスモスは乱れ吾亦紅は黙し

とし月の歩むがままに冬銀河

晩鐘は誰《た》が撞《つ》く牧は大夕焼け

トナカイの血すする子よ大地の子

民の歌地に湧きトナカイ眠る

白薔薇はいくらですかはにかむ少女

砂つぶて目を打つ君の待つ方へ

伏す岩のいずれは立つかしぐるる夜

だれも食べない橙《だいだい》を祖母が食べ

吾亦紅浅間怒れば目が潤む

突風に夢の残滓《ざんし》が舞いあがる
黒南風《はえ》の雲間に向かい子らは駆け
秋風によくなびく火葬の煙

もつれつつ舞う白蝶の屋根をこえ

麦飯に汁して足りる秋の朝

一献と岩魚《いわな》一尾が夜のうたげ

水底《みなそこ》へ鱗雲一つ剝落《はくらく》す

知者賢者おことわり我が庵《いお》は

猫も人も傷なめている冬の夜

大寒の竹叢《たかむら》太陽の子が降りている

種まいて何故か空しい茜雲

古傷の癒える日ありや春の雨

身を焦がすこともなく散る薔薇一輪

青すぎる空で淋しさつのる菊人形

山かげにトマト作る翁《おきな》トマト顔

荘厳な教会の裏の蟻地獄

三界の落暉に見とれブヨに刺され

三界＝欲・色・無色界。現世

ジプシーの奏でる楽に蛾のつどう

タイマツバナ《（ベルガモット）》が揺れ山の蟻の死にどころ

もとより知なし野茨の愚かさは清し

乳飲み子の野菜ジュースもダイオキシン

とめどなく驀進《ばくしん》海に消えていく生きものよ

目つぶれば虹が見えてくる吹雪く夜

才媛滴る魔女の赤ワイン

身ぬち走るいかずち白し鬼薊《あざみ》

鬼と棲《す》むこの陋屋《ろうおく》もあたたかな

鬼の子と桜堤を手をとって

しくしくと泣く鬼もいる桜道

虹へのきざはしが挫折の始まりでして

火の山の裾《すそ》に黙って咲いている

若い僧が空仰いでる
天に理なく地に法なく野のすみれ
還俗《げんぞく》して赤い酒あおってる

師を捨て仏を捨てて俗世楽しむ

女郎花《おみなえし》添わぬ谷間の男郎花《おとこえし》

白雲を仰いで伸びる翌檜《あすなろう》

曲折を知らぬ松もあり峰の茶屋

黒い木の実敷きつめて椅子一つ

月赤く何故か古傷痛みだす

だまって来てふと飛びたつ鳥一羽

右へ傾いていく軸で黒い積荷

八紘一宇《はっこういちう》生臭い風だ

兵士らを満載しそっと動き出す
蝶がきて蜂がきて野のヤナギラン
迫り覆う霧に黙々と杣人《そま》は

惑乱の坩堝《るつぼ》から蝶が舞いでた

雷神を父として嫋《たお》やかに活けている

やせ蛙乾坤《けんこん》ひと飲みにして涼しそう

敗残の蛙も出て鳴け名月ぞ

たわいない一筋の道が白雲に

混沌を泳ぎ渡って椰子の島

瀑布に焦がれる魚もいる岩の陰

両忘も忘れてしまい雲が湧く

両忘＝生死を忘れる

朝焼けの白波蹴って地元船

夏の坂沖ゆく船に手を振る子
みんな捨ててしまえばトンビの輪
利かん気な顔を吹雪いてる

「天佰」（松井利彦主宰）平成十二年五月号に転載　三句

半月の家路をたどるあばら犬

また逢いましたね、とオナガの尾

竹林に夢のかけらを捜してる

輝いて口とがらせて柿盗《と》る子

跳びつけない蛙ドジョウが笑ってる

胸を張って通すまじ軍国神輿

神国のつるぎたまわる鴉の子

ダリヤ競う山の斜面の昼下がり

イワカガミ風雪に堪えて岩の肌

でこぼこのカボチャ絵に画く風の中

どんじりのランナーに子が手を振っている

渤海《ぼっかい》の荒波わたる初つばめ

春風の路地に迷えば不動明王

鵯《ひよ》その頬の朱は野禽の矜《ほこり》ですか

曇天の椿は鬱《うつ》の色香漂わせ

深層海流の魚の餌ははらわたばかり

凍てついて四十雀《しじゅうから》水が飲めない

春光弾けても泥雪凍てたまま

抱擁し媾合《こうごう》し春の雲ゆく

夕焼けに溶けて見えないオニヤンマ

落日へまっすぐつづく白い道

胡瓜がひょろり夏痩せしてる

にぎりしめる赤子のこぶし虹の渦

自虐自慰の歌かしましい寺の百舌

故里の朽屋を囲むヤナギラン

ナナカマド実を結ばずに秋終わる

足跡はみな消えている秋の浜

荊《けい》と棘《きょく》と越し方行く末けむる夢

秋の蝶つがいで遊ぶ花の中

子の破る障子の穴から青い山

橋のない川をへだてて茜空

眷恋《けんれん》の情に水かく鴨一羽

義仲の挙兵の地海野《うんの》の欅《けやき》

二〇〇二年～二〇一五年

サザンカや悦楽一刻地獄一生

怨念の蛇からみつく夕柊

あの日ささった刺がセピアに光る

悠揚と迫らざる風姿オナガ舞う
魯鈍な椿が垂れて頰染めてる
まっすぐな道で白い風が止まない

わが幻想のエクスプレス、アルプスを越え
神よ許し給えあの惑溺の日々を
さて一献を交わそう無聊《ぶりよう》なる友よ

宴《うたげ》終われればどっと倒れる男と女
からみ合い暗黒海流ながれてる
空碧く花繚乱《りょうらん》とだれもいない

前をせきれいが歩いて

お前と道行きしちゃおか鶺鴒《せきれい》一羽
九十九《つづら》坂さてどうしよう陽が落ちる
難破船ヒーローのように潔く

屑籠に変奏曲の悔し泣き

駅の前デンと居座るホームレス

人の急ぐもどこ吹く風のホームレス

民の声聞かぬワイングラスは血の匂い

眼下千尋の早瀬天上まさに蒼穹《そうきゅう》

白崖に立てば恐るるものなしハヤブサは

梅雨曇じわりと醸す鬱《うつ》の酒
真っ青な空仰がずに携帯の少女らは
風すさび草伏し黒い牛の群れ

野苺盗《と》る院長の邸《やしき》の長い土手

汗くさい昼が過ぎユウスゲに風

まわり道する楽しさよヤブカンゾウ

衰えしものみな美しく春の宵

テーブルに花グラスにワイン春の宵

小白蝶はいつも銀河を夢見てる

虹のきざはし転げ落ちてから腰痛

はてしない蒼穹《そうきゅう》さがしてる納屋の鷹

寝室のガラス戸叩くはぐれ猿

カモシカがおれを見ている雌だろか

蛾は炎に鷹は碧空に焦がれ死ぬ

やるせない時が流れる唐松林

アメリカ大陸最古の遺跡（BC三〇〇〇年）

武備のなかったカラルよ我が心の国よ

雲になりたくて小屋の小兎跳ね回る

鶺鴒《せきれい》の尾がせわしなく夕焼ける

砂漠の少女《こ》の涙も涸《か》れて踊ってる
永劫と一瞬のはざまを咲いている
曇天の裂け目飛ぶ鳥声もなく

あらかたはその時まかせ携帯の子供らは

巷《ちまた》の灯を泳ぎくる鯖《さば》・鰈《かれい》

情動を氷塊にして飲むワイン

悔恨と未練を抱いて登る霊場《やま》

里山の小道をよぎる雉親子

二歳泣き五歳は駆ける花の山

霧が巻く北山の陰だれか呼ぶ

梟《ふくろう》鳴けばこの傷また痛みだす

行き先知らぬ列車が鉄橋渡る

堪える蟇《ひき》みぞれの止まぬものの陰

人と会えばただ懐かしく花を買う

子供らよこの樫《き》にのぼれ空が近くなる

夏木立談論風発止まぬ子規とニーチェ

鶏《とり》けたたましイタチが襲う真夜の小屋

キャンバスの碧い飛沫が夕焼けて

男は石橋渡り女は刃《やいば》を渡る

執着捨ててしまえば秋風そよぐ

しぐるる夜は火も胎内も恋しくなる

暗いきざはし緩やかに降り母の胎

九十九《つづら》坂亀がのぼってく秋天へ

赤蜻蛉《とんぼ》故郷恋しい棒の先

天空の極みへコンドルが消えていく

春の夜の鏡がひどく疲れてる

男に母を盗《と》られ唇を噛む少年

父をとられた少女と母をとられた少年
酔生夢死となるなかれ眠らぬ者たちよ
傷深い椅子にもたれて茜雲

死の池で生まれた蜻蛉《とんぼ》が肩にとまる

攀《よ》じのぼる夢ばかり日だまりの老犬

まぶしい野へ虚《うろ》を飛びだす小兎が

朴葉落ち栗鼠が驚き木にのぼる

蟻が蛾を引く昼下がりの情事

白壁の裂け目に秋の陽が燃えてる

フェレット脱走　はしれ風の中へ
妄想の荒む日はバーボンを飲もう
チ・チと小鳥なき睦み合う前に

秋の空じっと見てれば阿呆になる

洞穴《うつろ》にも押しよせ浸す春怒濤

バレンタインデー花瓶の薔薇の夕日影

磔刑《たっけい》の神々呻《うめ》く真夜の二時

テーブルのアヒル親子に春の風

名も功もない一刀彫

カレンダーの子供の影が変に長い

馬耳東風也鴻鵠之志

水平の秋風の果て何かある

ストリートダンス髪が乱れる潮風に
江の島はヒップホップで夕焼ける
木の葉そよともせずに脈が速い

春宵千金江戸切子で飲《や》るか

春や昔プラトニックラブもありました

春の夜の書架の背文字はヒステリー

楢《なら》の森のとこしえ陽の射さぬ地べた
茜空園の猿たち見とれてる
箸に漆塗る職人の根性面だ

永遠に解けないパズルしてる猿

あとひと息の頂が霧のなか

青春も老春もぎりぎりの断岸

振り向けば青春の汗とめどなく

火に投ず蛾の一途さを羨《うらや》む夜

空仰ぎ赤いトレインが雪山のぼる

旅の果て頂上に立ち吹かれてる

狂い爪鍾馗《だこしょうき》の目玉とび出てる

火口に墜ちようと人生丁半勝負

ぐっと呷《あお》ればリトル宇宙が爆発す

その罪は万死に価す菫草

ダリヤの園を駆けのぼる少年と少女

ならぬ恋被爆の少女星になる

わが思い空回りして生ビール

はぐれ雲旅路任せば北の果て

あの日々が幸せだなんて鳥が横切る
青春の淵《ふち》のよどみは悔いばかり
宿借りが宿引きずってる俺のように

怖くて怖くない仁王の前蝶が舞う

人生茫漠意味不明油蟬

月入れてパンダとねる子の夢はなに

空蟬のあおむいている風の街

白馬よと祈るどこまでも炎天道

自傷する女《ひと》を黙って抱く夕陽

風を胸に星さんざめく熱帯夜

夢をなくした男の被るハンチング

血脈のまなこに北斗地にダリヤ

限りある命いとしむ鴛鴦《おし》の恋

鳥渡る胸のすき間に海の音

十七で子を生し初蝶ふるえてる

舗装割る根性大根にそよぐ風

夢を食う己が足食う蛸に似て

黄砂降る恋と野望のアラフォーに

春愁の丘にのぼれば帆が二つ

アーチストらの命の果てや流星群

積み上げた瓦礫崩れて萌え出てる

狂おしく朱の楽章で明けてくる
一本の冷たい川が流れてる
コスモス揺れて日傘の女《ひと》とすれちがう

男も女も身をあかさずにラブホテル

蕎麦《そば》搔《が》きにふるさと偲ぶ独り酒

独り旅冬のチャーチに痩せた猫

躁《そう》や鬱《うつ》や闘い終わって陽は落ちて

鞭打たれ走るしかないやせ馬は

蔦《つた》紅葉メランコリックに夕映えて

句集　海の音　畢

あとがき

人類最古の絵画とされていたアルタミラとかラスコーの洞窟壁画に関心を持つ人は少なくないと思う。野生のウシ・イノシシ・ウマ・シカなどの躍動にみちた描写の中に、現代絵画の源流があったことは否めない。

古代人たちは、これらの壁画の中に自分たちが生きてきた証《あかし》を残したかったのである。生活の基《もとい》となる狩猟こそが、彼らの生き甲斐になっていたのだ。時を経るにつれて、芸術の世界にいろいろな変化が生まれ、さらに慣習や禁忌の拘束性の強い特異な分野を創り出すようになった。さて、私の制作モチーフの中には、古代のおおらかな自由な世界を復活させたいという思いもあったのだが、それがどれほど句の中に生かされたのかは自分では分からない。

おわりに、「文學の森」の姜琪東社長ならびに寺田敬子様には、一方ならぬお手数をおかけしたことに、記して御礼申し上げる。

平成二十七年九月

稲垣麦男

著者略歴

稲垣麦男（いながき・むぎお）

昭和６年　東京品川区に生まれる
昭和57年５月　鎌倉で「蒼茫」を創刊
平成６年６月～11月
　　　　「俳句とエッセイ」（牧羊社）に俳人伝（６人）を連載
平成８年６月～平成10年７月
　　　　「俳句」（角川書店）に俳人伝（24人）を連載

著　書　『子規と近代の俳人たち』（角川書店）
　　　　『蕪村　俳と絵に燃えつきた生涯』（文學の森）

現住所　〒194-0204　町田市小山田桜台2-9-8

句集

海《うみ》の音《おと》

発行　平成二十七年十二月七日
著者　稲垣麦男
発行者　大山基利
発行所　株式会社　文學の森
〒一六九-〇〇七五
東京都新宿区高田馬場二-一-二　田島ビル八階
tel 03-5292-9188　fax 03-5292-9199
e-mail　mori@bungak.com
ホームページ　http://www.bungak.com
印刷・製本　竹田　登

ISBN978-4-86438-423-0　C0092